空

中原道夫詩集

所沢市「七福神めぐり三番札所」佛眼寺にある
中原道夫 詩碑「空」

詩集　空＊目次

Ⅰ　空

Ⅱ　夕焼け

Ⅲ　ロボット

詩集　空

I

空

地平線

太陽が昇ってくる音が
静かに聞こえてくる

茜色の空が
白み始め、それは
大地の鼓動となって

天と地を隔てているのは
限りなく草原に伸びる一本の線
（それを地平線と言うのだろうか）

――東《ひむがし》の野にかぎろひの立つ見えて
――かへり見すればつき傾《かたぶ》きぬ
（万葉集巻一の四十八）

ぼくは人麻呂の歌を詠む
ぼく自身が人麻呂になって

それは、かつて
ぼくの魂が彷徨し続けていた原風景

羊の群れが光を求めて移動する
馬の群れが自然の恵みを求めて移動する

やがて、ぼくも草原の一部となり
ぼくの中を永遠が風のように
通り過ぎていく

遠く離れたゲル*の傍で
手を振っていた少年よ
あれはぼく自身ではなかったか

馬に跨がり
草原の中に消えていった

* ゲル＝モンゴルの遊牧民が住居としているテント。

在るだけで

サラリーマン生活は
紛《まが》いもなく
生きるための方便であったかもしれないが
文学することが
生きることだというのは気障すぎる

毟っても毟っても
蔓延ってくる草を毟る
それは無意味に近い昼下がりの自由
嫌な上司に頭を下げることもなく

気負ってペンを執ることもなく

少々腰は疲れるが
この意味のない時間に
どうして飽きることがないのだろう

ひょっとしたら
サラリーマンにも
文筆家にもなりたくないカミが
そっとぼくに
話しかけてきたのかもしれない

妻は家の中で口笛を吹きながら
拭き掃除でもしているのだろう

なんとはない時間の中の充実感を
ぼく同様に味わっているのだろう

見上げると
光と同化した蒼い空
それは在るだけで広いもの
それは在るだけで深いもの
ぼくは気球に乗ったかのように
一気に空に吸い込まれる

在るだけで広いもの
在るだけで深いもの

湖

白鳥は湖水を泳いでいるのではない
湖水に浮かんだ空を泳いでいるのだ

魚は身体を弓のように曲げると
湖面を蹴った
そして、空を見た
いや仰ぎ見たといってよい

あの青い空　流れる雲
あの紺青の空の頂点には
きっとカミが住んでいるのだ

なぜ、僕は鳥に生まれてこなかったのだろう
なぜ、僕には空飛ぶための羽がないのだろう

魚の心はすでに空になっていた
魚の魂はすでにカミの国のものになっていた

だから、魚は空への飛翔を試みた
何回も何回も試みた
飛ぶことが生きることであり
カミに近づくことであったから

しかし、それは何回めのときであったろう
魚は確かに見たのだ

水面に悠悠と映る青い空
浪間に揺れる白い雲
湖底にはっきりと映る
あの紺青のカミの姿を

魚は飛翔をやめ
湖水にもぐった

そして、再び湖面に
姿を現すことはなかった

星の光

何十億光年の彼方から飛んでくる星の光は
今確かに存在する星のものなのだろうか
なにせぼくの瞳に
光が届くのに
何十億光年もかかるのだから

生物が地球に誕生して何年
人類が地球に誕生して何年

だから

ぼくらが見ているものはすべて幻影
それは見ているようで見てないもの
空《そら》はすべて空《くう》
宇宙はすべて無であり幻

ぼくらは見えないものを見ていて
カミのマジックに騙されているのだ

時間は後ろに向かって走ることはできないか
星の光に向かって歩くことはできないか

ぼくは眼を瞑り
過去に向かって走りだす

やがて、老人のぼくは壮年になり
やがて、壮年のぼくは青年になり
やがて、青年のぼくは少年になり
やがて、少年のぼくは赤ん坊になる

まっさらな透明な赤ん坊
その瞳の輝きは
まったき何十億年の彼方からとんできた
光の粒子

月

――じいさん、歳を考えて
と、孫にキイと車を持っていかれた

それ以来、日々
リュックを背負っての買い物
手放した車が少なからず恋しかった

ところがスーパーを出ての帰り道
とぼとぼと歩く道路の先の
影絵のような一軒家の真上に

大きな月がぶら下がっていた
当たり前のことなのに驚いた
驚くことではないのに驚いた

ハンドル握っていたぼくには
久しく見えていなかった月だ
ぼくがすっぽりと月光に包まれている

一台、二台、三台……
車がぼくを追い越していく
たぶん今頃車に乗っている孫は
この月を見ることもなく
どこかを走っているのだろう

文明という大きな覆いに
隠されていた『かぐや姫』のロマンが
今、ぼくの前で蘇る
　ぼくは紛いもなく竹取の翁

——おいっ、月だよ、月だよ
——外に出てみろ

玄関のドアを開けるやいなや
世紀の大事件でも起きたかのように
ぼくは夕餉の支度にせわしい妻を呼んだ

女の話

その女の話が
あまりにもかわいくて
抱きしめてやりたいような気持ちになってくる

わたし不幸でしょう
だから、そんなとき空を見るの
東京の空は汚れていると言うけれど
やっぱり空はきれいなの

この間、茣蓙を敷いてね

河原で寝ころんで空を見ていたの
空はどこまでも澄んでいて
まるでカミサマが住んでいるみたいだったわ
そんなとき、わたしって
生きていてよかったと
心の底から思ってしまうの
おかしい？　こんな話
けれど、知り合いの人がやってきて
女が一人で河原に寝ころんでいるなんて
とても、いけないことだなんていうものだから
わたし、やめてしまったの

たぶん、子どもの心そのままで
大人になってしまったその女は

空を見ることをやめてから
こんどは、庭にくる小鳥と
話をするようになったという

そして、小鳥が嬉しそうに餌を啄むのを見ていると
やっぱり生きていてよかったという

そういえば、これは人に言うべきことでもないのだが
実は、いい歳をしたこのぼくも
空のよく晴れた天気の日には
小鳥のように嬉しくなって
生きていてよかったと
自分に言いきかせる時がときどきあるのだ

絵

幼な子が絵を描く
ママはパパより大きく
その隣には明るい
窓のある家と
野の花

幼な子が
対話しているのは
ママとパパ
家と花

そして青い空

空は青い帯のように描かれ
その帯にぶら下がっているのは
旭日旗のように
光を撒き散らす赤い太陽

それは
毎日空の下で生きていながら
どうしても
ぼくには捉えることの
できなかった空

幼な子はそれを

いとも簡単に
捉えているのだ

人と同じように
家と同じように
花と同じように

僕は驚く
その驚愕

見上げると
空はどこまでも青く
光を積み重ねてそこに在る

山頂で

Ⅰ

あまりの広さに天を仰いだ
ここ、みちのく安達太良山頂

もしカミが御座《おわ》すとするなら
カミの住いはこの空の頂点

瞼を閉じれば
実在の空は消え去るが
網膜に焼き付けられた空の青さは

消え去ることはない
見上げれば空の上も空

Ⅱ

あの時は女がそばにいたので
つい空よりも女の方が気になった
あの時は女がそばにいたので
山頂に立った喜びよりも
女と二人していることがすばらしかった
だから空に包まれていながら
空に応えていなかった
だから山に心を動かされながら

山と心が一つにはなっていなかった
（そんなことが　そうだ
そんなことがぼくらの日常には多くある）

けれど　いま
ぼくはただ一人
澄み切った空の下に立っている
——あなたと見た空の美しさ
——けして忘れはしないわ
そんな声が空の上から聞こえてくる

なんにもないのに

空《そら》と
読めば
それは計り知れない
広く大きなもの

空《くう》と
読めば
それはすべてを捨てて
無になること

——おじいちゃん、なんにもないのに
——今日のお空ってとてもきれい

孫娘の突然の言葉に
ぼくは驚く

それは　しごく
当たり前の言葉なのに

ぼくは
孫娘と一緒に
空を見る

なんにもない

大きな空に
ぼくと孫娘は包まれる

大きな世界

山頂に佇み
空を眺めていると
自分が空の一部になっていくのが
よくわかる

その空という大きな存在

ぼくは思わず
その透明な空に向かって
シャッターを切る
人を写すように　花を写すように

けれど、確かに在って
確かに存在するものなのに
そこに写し出されてきたものは
ただ一枚の
青い印画紙に過ぎない

空《そら》はやっぱり
空《くう》なのか
ぼくをあれだけ
すっぽりと
包んでくれるものなのに

ぼくはそこに小さなちぎれ雲を描く

一羽の雲雀を描く

すると　見えなかった空が
確かな存在として見えてくる

大きな世界が
自己のうちに入ってくると
世界は海のように深くなる*

ほらっ、ご覧
湖水を泳いでいる魚は
実は、湖に浮かんだ空を
泳いでいるのだ

*　R・M・リルケの言葉

故郷の空を

女のくれたのは愛だけではなかった
女の家は山間の旧い家であったが
女は愛と一緒に
故郷の空をぼくに差し出した

——都会育ちのあなたは
——いつだって澄んだ空を欲しがっていたから

女を育んだ空はとてつもなく眩しかった
空ってほんとうに限りがないのね

空の上も空で
また、その空の上も空で

小国川の清流が心地よかった
目の前の亀割山がぼくらを呼んだ

――わたし、子どもの頃から
――何回となく登っているの

車の通る道ができ
あまり人の入らなくなった山道は
すこしはきつい上りであったが
山頂の空は
どこまでもどこまでも澄んでいた

——ほらっ、あそこが瀬見温泉

女の家はその一画にあり
山頂の空は
その上にまで続いていた

女は必要ないからと
鏡台や箪笥は運んでこなかった

けれど、女は
こんなにも大きな空を
ぼくにくれたのだ

竹とんぼ

その広さ、その深さ

その大きなものに
包まれていると
身も心も
その中に消えていく

その広さ
その深さ

確かに在って
確かに実在し
確かにぼくを捉えているものなのに
空はカミに似ていて
観念でしか捉えられないものなのか

その時だ
突然、孫娘の揚げた竹とんぼが
飛んでくる

ゆらゆら　ゆらゆら

竹とんぼに合わせて空がゆれている
竹とんぼが

空の実在を示しているのだ
――ようし、爺ちゃんも揚げてみるか

孫娘とぼくは
飛んでいく竹とんぼを追っていく

いや、実はその時
ぼくは竹とんぼになって
その広い空を飛んでいたのだ

メルトダウン

顔の周りをカナブンブンが
その名のとおり飛び廻っていたら
あなたはきっと振り払うことだろう

――うるせいな、この馬鹿やろう！

宇宙開発　気象衛星
おまけに軍事衛星
何万匹ものカナブンブンに
いくら我慢強い地球と言えども

いつまでも
黙りこくっているわけは
ないだろう

猛暑の連続　津波
予想外の雪や洪水

海へ走るべき船が陸に向かって走った
あの東日本の大震災
住処を失い彷徨う牛や犬の群れは
やがてやってくる
わたしたち人類の姿

壊されてしまった

かぐや姫のロマン
失われてしまった
家族の団欒

わたしたちは忘れているのだ
何億光年からの星の光を浴びながら
瞬きほどの時間の中に生きる尊さを

地球上の原発すべてが
メルトダウンする夢を見る

Ⅱ　夕焼け

燃えていくもの

――文明とは港のない航海である――

トインビー

あれは夕日に映えているのではない
ビルが真っ赤に燃えているのだ

風と別れ
石でなくなり
樹木でなくなり
いつしか生きものでさえなくなった人間の

驕りの坩堝が燃えているのだ
積み上げた文明が燃えているのだ
宇宙へ拡散しはじめた恐怖と
ミクロの世界に培養しはじめた魔性が
ゆらゆらと　燃えているのだ

ビルが燃えている
文明が真っ赤に燃えている
地球が炎となって燃えている
幻の未来が燃えている
後ろへ戻ることのできない焦燥が
崩れ落ちるように燃えている

ぼくは見る、人間の

それ以前の生きものとなってそれを見る
ぼくらの祖先の、そのまた祖先が
夕焼けと呼んだであろうそれを見る

カミの怒りで
かなしいまでに美しく
炎となって消えていくものを

蟻地獄

撃墜されたＢ29の残骸の周りにはたくさんの人が集まった　四キロ離れた隣の街から息急き切って走ってくる者も多かったが　それはたんなる野次馬というものではない　毎日毎日空襲警報を発令させる敵の正体を自分の眼で見届けたかったからだ　折れた翼　砕けた胴体　大きな車輪　粉々に飛び散った風防ガラス　ひん曲がった操縦桿　機体はばらばらになり　その正体を確実に見ることはできなかったが　その正体をある程度想像できる　墜落時にできた蟻地獄のような穴があった

憲兵はあまり前へ出るなと叫んでいたが　その眼は　ウスバカ

ゲロウのように乾いていた　それに怖けず前へ出て蟻地獄をじっと覗いていたのは　戦争の実感にじかに触れたいと思う人たちだが　不気味なことに　蟻地獄の残骸と破片の中から　アメリカ兵の毛むくじゃらな白い手がにょきにょきと出ていた　指に嵌めている結婚指輪が　折からの斜陽に涙ぐんで光っているように見えた

その時　一人の女性が　憲兵の眼を避けながら　防空頭巾の中で唇を噛んでいた　先日中国の戦線で　夫が戦死したという訃報を受けたこの女性は　きっとアメリカ兵の無惨な姿と　亡き夫の姿を重ねているのだろう　訃報と一緒に　アメリカ本土に送られるだろう名誉を讃える通知も　夫と同じ　けっきょくは命と引き換えの一枚の紙に過ぎないのだから

突然　Ｂ29撃墜万歳　天皇陛下万歳と叫ぶ者がいたが　その声
は連呼とならず蟻地獄の中に萎んでいった　だれもが敵も味方
も空しく死んでいくのが戦争なのだと　心の底では思っている
のだ

また「空襲警報発令」のサイレンが鳴りだした　けれど　みん
な西の空に眼を向けていた　それは　日々繰り返される空襲
で　すっかり見ることを忘れていた　美しい夕焼けだった　蟻
地獄も戦争も　そして　虚ろな少年の心も　いつしか夕焼けの
中に吸い込まれていった

＊　Ｂ29の墜落現場（東村山市秋津一丁目）には、現在アメリカ兵十一名、巻き添えをくった日本人三名の供養のため、篤志家小俣権太郎氏によって、「平和観音」という記念碑が建てられてある。合掌

少年

遊び惚けてすべてを忘れ
教師に叱られ
母の小言が怖かった少年時代

もう忘れものなどしない
もっとしっかりしなければ
と己の心に指きりをした

けれど、美しい夕焼け空を見ていると
そんな誓いなど

取るに足らないことだと少年に思わせた
——おまえは阿呆ではないか

それは父の口癖であったが
もの忘れの多かった少年は
いま、その父の年齢をはるかに越えた

（冷蔵庫が開けっ放し）
（曜日をまた間違えて）
（ほらっ、またシャツを裏返し）

——まったく困った惚け老人

けれど、そんなこと
どうでもいいことではないか

かつての少年はなによりも
夕焼け空のすばらしいことを
すこしも忘れていないのだから

阿呆と惚けは少年の一生

今日も西の空が美しい

スマホ

公衆電話が携帯電話で姿を消し
そのまた携帯電話が
スマホの普及で
あれよという間に姿を消した
文明はそういうものなのだろうが
九人掛けの電車の中で
スマホを手にしていないのは一人だけ

タッチをすれば数字が出てくるから
計算する必要はない

タッチをすれば漢字を覚えることもない
時刻表も　訪ねる先の地図を調べるのにも
まったく便利なスマホ

電車はいつものとおり走っていたが
スマホを持たない一人の男が
突然、あ、あ、とつぶやいた
外は夕焼け
夕日に照らされた富士山が
丹沢山系の上に実に美しい姿を現したのだ
けれど、それは
彼だけの美しいものなのだろうか

スマホでゲームを楽しむ

スマホで恋人とのラインのやりとり
スマホで仕事の打ち合わせ
それはそれでいい　だが

スマホによって見えなくなるもの
スマホによって失われていくもの

老婆

そこは途切れなく車の行き交う国道
「気をつけろ！」バイクが叫ぶ
急ブレーキを掛けるライトバン

一人の老婆がそこを通り抜ける
ドライバーも気が気でない

けれど老婆は鼻歌まじりで
何かを探しているのだ

（先ほど七十五歳のお年寄りが行方不明になりました）
（蓬色のセーターに紺のスラックス）
（お心当たりの方は最寄の交番か警察署にご連絡下さい）

嫁も孫もどうしてわたしを
連れ戻そうとするのだろう
そして、警察までもグルになって

ここは新しく開発されたマンションの立ち並ぶ団地
老婆はマンションに盗まれてしまった
夕焼けを探していたのだ

――家中みんなで心配していたのに
――どうしてこんな遠くまで来たの

マンションの向こう側は真っ赤な夕焼け
秩父連山もすっかり茜色に染まっている

――ほらっ、きれいな夕焼けでしょう
――それがね、この頃すっかり見られなくなったから

老婆は嫁と孫に挟まれながらそれを見る
嫁は老婆の肩に手を掛けながらそれを見る
孫は老婆の手を握りながらそれを見る

ランドレース

充分にうまいものを喰わせているので
猫がねずみを少しも追わないと隣の老人が言っていた
家で飼われて大事にされているので
犬が走ることができなくなったとアパートの女が言っていた

そういえば豚の中でも
ランドレースという奴は
肉を多くとるためについに胴長豚に改良され
歩くことさえできなくなったと
テレビがくそ真面目に放映していた

けれど、これは動物たちだけのことではない
人間を育てるための教師は
視野の狭い教師用につくられた柔順な人間でなければならないし
坊主や牧師も
神や仏の心を生きることよりも
信者や宗派をふやすことだけを考えていなければならないし
オフィスの中へ行けば
これもビジネス用に改良された人間どもがうじゃうじゃしているし
電車に乗れば
羞じらいを忘れた若者たちが
むしろ人間の言葉で話しているのが不思議なくらい

いずれ　ランドレースのように

足腰立たない人間だから
きっと　だれかに喰われてしまうのはまちがいないのに――
（しっかり勉強しないと立派な人になれません）
母親たちに叱咤されながら
きょうも学習塾へ通う小さな子どもたちに
夕焼けがいつもより美しかった

居酒屋

なぐりたい奴をなぐれないために
駅前の居酒屋はある

夕暮れ、店は一日をやっと耐えてきた男たちでいっぱいだ
背広をぬぎネクタイをゆるめれば
昼間のむしゃくしゃが消えて
自由がやってくる
煙草の煙のむこうにあるのは
ああ、なつかしい人間の顔

昼間オフィスで見ていたのは
たしか人間の顔をしていたロボットだったのだ

あいつをなぐりたかった
でもなぐれない
だから男はホッピイをぐっと飲む
あのロボット野郎をなぐりたかった
でもなぐれない
だから男はホッピイをぐっと飲む
そして、男は考える
――俺は今日という日いったい何をしていたのだろう
――俺にとって今日という日はいったいどんな意味があったのだろう

カウンターの隅に花一輪

きれいだ

――オヤジ、チュウハイ
暖簾をかきわけ入ってきたのは
やはり一日をすりへらして生きてきた男たちだ
やはり一日をむなしく生きてきた男たちだ

駅前の居酒屋は
今日もそんな男たちでいっぱいになる

夕餉のひととき
——八月十五日

——武士道というは死ぬことと見つけたり
『葉隠』のこの言葉は少年の美学であった
ゆえに、飛行兵になって
国のために尽くすことが少年の夢だった

一九四五年七月
お隣に住んでいた小松少尉は
帰路のガソリンのない特攻機で出撃したが
敵陣に着く前に撃墜されて海の藻屑と消えた

それが犬死にだとは分かってはいたが
だれもが軍人の本懐なのだと口を揃えた
小松夫人は歯を食いしばり涙をこらえていた

それから、わずかひと月
「玉音放送」は少年の心を
すべて虚無の衣で覆った

――負けたんだ　負けたんだ
――戦争は終わったのだ

一瞬、小松少尉の悔しさに満ちた顔が
浮かんでは消えた
――武士道というは死ぬことと見つけたり

あれはいったい何であったのか

その夜、電燈を蔽っていた
黒い布地を外すと六十燭の電燈

――なんて明るいんでしょう
――そして、静かだねぇ

それは久しぶりに
B29の爆音の聞こえない夜

母の声は
「玉音放送」以上に
戦争終結を告げていた

夕暮れは

——歌曲《リート》のために——

夕暮れはどこからともなくやって来た
遊びつかれた子供らに
おもどりなさいを言うために
やさしい母の待つ家に

子供は祖父にきいてみた
夕暮れは何故消えなければならないか
夕暮れは何故行ってしまわねばならないか

あんなにもやさしい夕暮れは　あんなにも美しい夕暮れは

祖父は子供にささやいた
それは昔の本に書いてある
昔の物語を読みなさい

けれど　そんな本はどこにもない
ただ夕暮れがどこからともなくやって来て
どこへともなく消えていくばかり

Ⅲ　ロボット

いつの世も「平和」で

「平成」が「令和」に
なったと
ただそれだけで
大騒ぎすることはない

かつて　ぱっと咲き
ぱっと散る桜を
人生に擬えて
戦争に突入したのは「昭和」

その声につられ
三百十万人の同胞の命が失われ
殺戮は二千万人にも及んだ

——さくら　さくら
——弥生の空は　見渡すかぎり

桜花は春になれば再び花開いたが
死んだ人間はかえらない

一九四五年
現人神が「ヒト」になった
あの歴史的事実をぼくは忘れない
だから　だから　再び天皇を

「神」に仕立ててはいけない

年号は一区切りの記号ではないか

——さくら　さくら

——弥生の空は　見渡すかぎり

いつの世も

「平和」

であるのが一番よい

争い、そして戦争

殴り合い、それが素手ではなく棒になり
刀になり、槍になり
闘うのは戦争だから仕方がないと

そして
鉄砲　射的の人形を撃つように
いとも簡単に人を殺して

そして
大砲　ミサイル

砕かれた岩のように命が飛び散って

そして
空からの爆撃
東京大空襲の死者は一挙に十万人

――人ヲ殺シタノデハナイ
――タダ焼夷弾ヲ落トシタダケナノダ

操縦桿を握っていた男は
たんたんと語っていた

そして
ヒロシマ、ナガサキへの原爆投下

その死者は
累計五十万人を超えていて

だから生まれた
憲法九条
なのに　なのに

「棒」はいつしか「核」になっていて

俳人山崎十生は
こんな句を詠んでいる
「もう誰もいない地球に望の月」

ブランド

ダンディズムを自認する男が
同じブランドを着込んだ別の男と
銀座の街角で出会ったとしたら
それはどんなに惨めなことだろう

サンローランのネクタイも
グッチのベルトも
リーガルのシューズも
己のものと固く信じていた思惟さえも

だから、ぼくは
流行り廃りのない思想を羽織って生きているのだ
こんな男がこの世にいるのが不思議なくらいに

ブランドをみんなが着て
ブランドをだれもが身につけていたら
ブランドはただの商品になってしまうだろう

とある日
柳行李から日の目を浴びない
着古されたジャケットを出しぼくは着る
黴臭い時代後れの代物である

けれど、カウンターの向こうのかわいい女は

〈あなたのお洒落、とても素敵よ〉
と、ぼくの困惑を少しも知らずに
ぼくの側に寄ってくるのだ

踵

――地下鉄丸の内線霞ヶ関駅で――

踏みつけられ、撥ねとばされ、蹴ちらかされ
磨りきれた傷を残して
通勤ラッシュのメトロのホームに
切り落とされたサラリーマンの足の一部が落ちていた

飛び乗った電車の中で
踵の無くなった靴の持ち主は
やがて自分の足が
ちぐはぐで不揃いになっていることに気がつくことだろう
そして、だれも恨むことのできないこの不幸なできごとを

仕方なしに笑いに代えてごまかすことだろう
（ああ、参ったな、困ったな、どうしよう）

泣きだしたくなるようなこの笑い
困惑を吃逆のように呑み込んでしまうこの笑い
ぼくらの日常に纏わり付いているこの笑い

ぼくは無性に切なくなって
磨りきれたゴムの塊をそっとポケットに仕舞う
哀しいぼく自身を拾うように

まもなく三番ホームに電車が入ってくる
通勤客が降りてくる
いつ切り落とされるか分からない靴を履いて

ぶら下がり

この世に生を受けたとき
まず、母の乳房に
ぶら下がった

そのとき
たやすく生きるには
こうしてぶら下がることが肝要なのだ
と、思ってしまった

だから、たいして好きでもない教師に

媚びることでぶら下がることを始め

通知簿にぶら下がり
偏差値にぶら下がり
大学にぶら下がり
企業にぶら下がり
漸くして生きることは
ぶら下がることであるとの哲学をもった

けれど、いつの日からか
ぼくにはぶら下がるものがなくなった
ぶら下がれるものは空しさだけになり
やがて、孤独にぶら下がることになり
やがて、侘しさにぶら下がることになり

やがて、意識さえしていなかった生に
執拗なまでにぶら下がることになり

そうして
なんということなのだ

うしろを振り返ってみれば
手を引っ張り、足を引っ張り
死という奴が
逆にぼくにぶら下がっているではないか

野原のまん中で

たとえば駅のトイレで用を足すときなど
僕はいつの間にか　知らず知らずのうちに
窓から二番目のトイレで用を足す習慣ができている
そして電車に乗るときは
いつも三両目の一番前
スナックの止り木も
いい女がそばにいるときだけは別なんだが
いつの間にかぼくの席は決まっている

ほんとうに世の中っていうものは不思議なもんだ

決めなくてもいいものを
人はそれぞれ自分勝手に決めてしまい
そして
それが常識みたいになってしまい
そして
それが道徳みたいになってしまい
そして
それが法律みたいになってしまい
そして
あげくの果てにそれが一番正しいと思ってしまう
秋のよく晴れた日曜日
僕は野原のまん中で小便たれる
野原は広々としていて
とり立てて決めるべき場所もない

だから　僕はちょっととまどってしまう
僕の前にあるのは自由に吹く風だけだ

そして小便たれる僕の肩に
赤とんぼが一匹とまる

中村さん、ってば……

あなたは生まれながらの中村さんであるはずなのに
ほとんど　どこにでもいる新井さんと同じやり方で妻を愛し
ほとんど　どこにでもいる石川さんと同じやり方で子供を育て
ほとんど　どこにでもいる斎藤さんと同じやり方で人生を考える

あなたは歴《れっき》とした中村さんであるはずなのに
ほとんど　どこにでもいる鈴木さんと同じやり方で背広を誂え
ほとんど　どこにでもいる高橋さんと同じやり方で金を貯めることを
　考え
ほとんど　どこにでもいる中山さんと同じやり方で早く課長に昇進す

ることを夢見る

そして　あなたは正真正銘の中村さんであるのだから
もっともっと　あなた自身の生活を大事にしなければならないのに
ほとんど　どこにでもいる山口さんと同じように赤提灯の暖簾をくぐり
ほとんど　どこにでもいる吉田さんと同じようにパチンコ屋の喧騒の中に立ち
ほとんど　どこにでもいる渡辺さんと同じようにカラオケスナックのマイクを握る

そして　あなたは紛《まが》いもなく中村さんであるのだから
もっともっと　親からもらったあなたの顔を大切にしなければならないのに

もし　あなたが教師になってしまったとすると
ほとんど　どこにでもいるくだらない　教師の顔にあなたの顔はなっ
　てしまい
もし　あなたが医者になってしまったとすると
ほとんど　どこにでもいるつまらない医者の顔にあなたの顔はなって
　しまい
もし　あなたが商人《あきんど》になってしまったとすると
ほとんど　どこにでもいる抜け目のない商人《あきんど》の顔にあなたの顔はなっ
　てしまう

おーい、中村さん！
中村さん、ってば……
ぼくは懸命になって中村さんを呼ぶが
いまや街行く人の中に中村さんの姿はどこにも見えない

聞こえてこないか

踏み躙られた道端の小さな花に
心を傷める若い女性が
実《まこと》しやかに
「美しい日本」を標榜する政治家に
手を振った

はかない蟬の一生に
しみじみと命の尊さを感じたという若者が
進軍喇叭を
吹き鳴らそうとする議員に

票を投じた

かつて大切にしていた人形の首がもげて
三日三晩泣きじゃくった少女よ
かつてハムスターが死んで
大好きなカレーライスも食べなかった少年よ
「美しい日本」をつくるのに銃は要らない
「平和な日本」に進軍喇叭は要らない

知っているのか
知らされているのか
広島・長崎の犠牲者
二十八万人
東京大空襲の死者

十万人
そしてその何十倍もの
殺戮のあったこと

人形よりも　ハムスターよりも
もっとかけがえのない多くの命が

「死ぬのは嫌　殺すのも嫌」
焼けただれた焦土の中から
いまでもはっきりと聞こえてくる
死者の声

密約

カーテンを開けると
吹き込んでくる爽やかな風
けれど、閉ざされたカーテンの陰で
交わされた密約は少しも動こうとしない
問い糺されることもなく

二千万人に及ぶ殺戮を行い
三百十万人の命を失った悲しい国が
その密約で再び進軍ラッパを
鳴らそうとしているのだ

密約は
〈国民の命と財産を守るため〉と
見え透いた嘘をもっともらしく言わせ
〈沖縄県民に寄り添う〉と言いながら
透明な海に土砂を撒き散らす

一九九五年、十二歳の女子小学生を
拉致強姦した米海兵隊の兵士三名の身柄は
日本側に引き渡されることはなかった
二〇〇四年、沖縄国際大学に墜落した
ヘリの事件も全容の解明はなされなかった
四十五年間で米軍機の墜落は四十七件

殺人、強盗、放火、強姦の凶悪犯罪は
なんと、その数五百七十六件に及び
密約による海外派兵も行われた

「自衛隊は米軍の指揮下に入る」
密約は憲法よりも優先されていて

「ふざけるな！」
ぼくは爽やかな風を求めて
カーテンを開け、窓を開ける

すると何ということだろう
あのオスプレイが轟音高く
眼の前を、ぼくの街を、飛んでいるのだ

神の崩壊

かつて神は雪解けのせせらぎの中に住んでいて　草木を潤した　かつて神は天空を突き刺していた杉の木の梢から突然降りてきて　日溜りで居眠りをしている老婆の肩をやさしく叩いた　かつて神は愛し合う男と女を結びつけ幸福をもたらしただから　だれもだれもがあの紺青の空に御座《おわ》す神に畏敬の念を持っていた

ところが何時頃からだろう　人類がそれぞれ自分に見合う神を創り始めてから　神は感じるものでなく　微笑みを交わすものでなく　論理になり　思想になり　文明になり　国にもなっ

た　神に仕えることはただ信じて従属することになってしまった「これはオレではない」　気さくな真の神は不愉快きわまりないと　何処かへ隠れてしまった　二十一世紀の「天の岩戸」の神話である

やがて神は文明の虜囚となり　草木などに芽吹く命の源ではなくなり　その住まいとなった豪華な建造物は神とそれを取巻く者たちの権力の象徴となった　昨日も礼拝が行われたが　それは戦場に赴く若者たちの平穏を祈るものであった　殺さなければ殺されるというのが戦争だから　若者の平穏を祈ることは逆に多くの他者を殺すことである　若者たちは矛盾の中で　永遠の象徴でもあるあの美しい夕焼け空にも　きっと銃口を向けることだろう　神の住んでいたあの紺青の空に向かってミサイルを発射させることだろう　なぜなら真の神はいまや異教徒そ

のものだから

「文明とは港のない航海である」というトインビーの予言はいまでは懐かしい古語になってしまった　文明の囚われ人となった神は　留まることを知らない文明を　停めることが出来ないのだ　神は人類を進化させるどころか退化させているのだ

いま地球が人類によって破壊されようとしている　空の割れ目から宇宙の塵が落ちてくる　黒く爛れているのは神の屍の一部であるかもしれない　自らの手で創り上げた文明によって滅びていくそれぞれの神　真の神はいま何処に隠れているのだろう

ロボット

――合唱曲のために

ロボットが　ロボットが
歩いている　歩いている
人間の　人間の　顔をしたロボットが歩いている
人間の　人間の　服を着たロボットが歩いている
男も女も
大人も子どもも
まったく人間によく似ているけれど
あれはみんなロボットなのだ
ロボットなのだ　ロボットなのだ

心がないからロボットなのだ
優しさがないからロボットなのだ
ロボットなのだ
ロボットなのだ
ロボットなのだ

むかし　野山には　美しい花が咲いていた
むかし　森には　きれいな小川が　流れていた
だから　人の心は美しく
明るい歌が　みちみちていた

野山を壊すたびに人間はロボットになる
小川を汚すたびに人間はロボットになる
美しい人の心は花といっしょに失われ

清らかな人の心は森といっしょに失われ
人はみんなロボットになった
人はみんなロボットになった

ああ、街角をロボットが歩いている
今日も街角をロボットが歩いている
人間の　人間の　顔をしたロボットが歩いている
人間の　人間の　服を着たロボットが歩いている
どいつもこいつもロボットなのだ
どこもかしこもロボットなのだ
ロボットなのだ
ロボットなのだ
ロボットなのだ

あとがき

　この詩集の「扉」にある詩碑に私が記した詩句「在るだけで大きなもの　在るだけで深いもの」は、特別な宗教など持たない私のカミと言ってもよい空への畏敬の念でもあり、あこがれの言葉でもある。キルケゴールは「人は驚かなければいけない」と言っているが、空は私にとって、いつも偉大なもので、私を包んでくれるものだった。けれど、確かに実在するもので在りながら捉えようとすれば、それは、空《くう》であった。この夏、そんな思念で、空の作品を書いてきて、いざ上梓というところで、突然、日頃の不摂生が祟り、脳梗塞で私は急遽、入院、手術という憂き目にあって上梓が遅れたが、こうして手に取ることができ、嬉しい限りである。

　集中「夕暮れは」と「ロボット」は、作曲家滝口亮介氏によって混声四部合唱曲に作曲され、二〇一五年、板橋区立文化会館大ホールで演奏され、翌年、滝口氏の音楽活動を記念する会で、豊島区の南大塚ホールでも再演奏されている。また「ロボット」はそれ以前に、女性合唱曲として高田三郎門下の俊英渡辺学氏によって手がけられていて、板橋詩人連盟の「詩のつどい」で、女性合唱団「あかしや」によって歌われている。

なお、今回の作品の大半は詩誌「漪」に発表したものだが、「文藝春秋」、「週刊ポスト」、「東京新聞」、「詩人会議」、「埼玉新聞」、板橋詩人連盟の「樹林」などに発表した旧い作品も入れている。

終わりにであるが、今回も、土曜美術社出版販売社主高木祐子氏、装丁を引き受けてくれた木下芽映氏にはまたまたお世話になった。

二〇二二年　秋

中原道夫